Analyse de l'œuvre

Par Leonie Cater

Junky

William S. Burroughs

lePetitLittéraire.fr

Analyse de l'œuvre

Par Leonie Cater

Junky

William S. Burroughs

Rendez-vous sur lepetitlitteraire.fr et découvrez :

Plus de 1200 analyses
Claires et synthétiques
Téléchargeables en 30 secondes
À imprimer chez soi

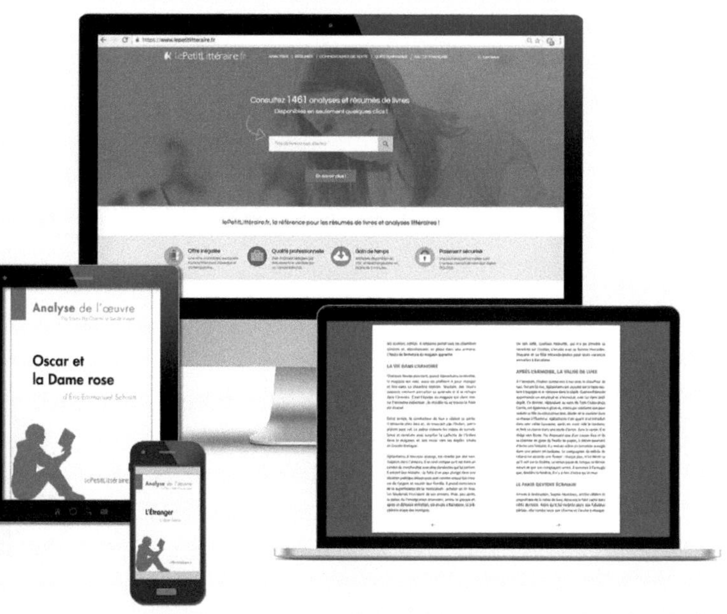

WILLIAM S. BURROUGHS

ÉCRIVAIN AMÉRICAIN

- **Né à Saint Louis, Missouri (États-Unis) en 1914.**
- **Décédé à Lawrence, Kansas (États-Unis) en 1997.**
- **Travaux notables :**
  - *Naked Lunch* (1959), roman
  - *The Soft Machine* (1961), roman
  - *Les villes de la nuit rouge* (1981), roman

Figure emblématique du mouvement littéraire de la Beat Generation, aux côtés d'Allen Ginsberg (poète américain, 1926-1997) et de Jack Kerouac (écrivain américain, 1922-1969), Burroughs est réputé pour sa prose d'un graphisme sans faille, abordant toute une série de sujets considérés comme tabous à l'époque, de son homosexualité à ses expériences du mauvais côté de la loi, notamment en matière de drogue. Après une éducation privilégiée à Saint-Louis, dans le Missouri et des études d'anglais puis d'anthropologie à l'université de Harvard, Burroughs est tombé dans une vie de toxicomanie et de criminalité, qui figurent parmi les thèmes centraux de son œuvre. *Junkie* (1953) est le premier roman qu'il a publié, précédant son fameux *Naked Lunch* (1959), tous deux considérés comme semi-autobiographiques. L'héritage de Burroughs a perduré longtemps après sa mort soudaine en 1997, à la suite d'une crise cardiaque : on lui attribue souvent le mérite d'avoir apporté des changements significatifs aux lois américaines sur l'obscénité, autrefois rigides, grâce à ses œuvres ouvertement « obscènes », et de nombreux musiciens ont reconnu leur propre dette artistique envers l'écrivain, notamment les musiciens David Bowie (1947-2016), Lou Reed (1942-2013) et Kurt Cobain (1967-1994).

JUNKY

LA PREMIÈRE ŒUVRE PUBLIÉE DE BURROUGHS

- **Genre :** roman semi-autobiographique
- **Edition de référence :** Burroughs, W. S., *Junkie : Confessions of an Unredeemed Drug Addict*. St Ives : Penguin Classics.
- **1ère édition :** 1953
- **Thèmes :** drogues, crime, lois sur les drogues, homosexualité, dépendance

Premier roman publié par Burroughs, *Junky* est un récit romancé des propres expériences de l'auteur en tant qu'héroïnomane et dealer. Bien qu'il ait connu des problèmes lors de sa publication, ayant été jugé impropre à la consommation publique, il est aujourd'hui considéré comme l'une des œuvres littéraires phares de la Beat Generation. Le lecteur suit le narrateur dans son voyage de New York à la Nouvelle-Orléans et au Mexique, une aventure sombre propulsée par une dépendance intense et dévorante, malgré ses nombreux séjours dans des centres de réhabilitation et ses tentatives de « cures » auto-administrées. Le personnage fictif de Burroughs, William Lee, offre des descriptions graphiques de la consommation de drogue et de la douleur du sevrage, ainsi que des arguments convaincants concernant l'injustice des lois américaines contemporaines sur la drogue. Il écrit avec une honnêteté brutale, préparant le terrain pour les aveux graphiques de son dernier *Naked Lunch*.

▎RÉSUMÉ

DEHORS DANS LA GROSSE POMME

Nouveau dans le monde de la « camelote », Lee fait sa première rencontre avec la drogue dans un but purement commercial, après avoir accepté de vendre de la morphine et un pistolet pour un ami. À la recherche de preneurs potentiels, il entre en contact avec le criminel chevronné Jack qui, à son tour, le présente aux drogués Roy et Hernan. Quelques nuits plus tard, il expérimente les drogues dures pour la première fois, décrivant son trip à la morphine dans des détails hallucinatoires et cinématographiques. Au cours du mois suivant, Lee consomme les « syrettes » restantes, non vendues, et sa tolérance à la substance augmente progressivement. Sous la direction de Roy, il essaie d'obtenir des drogues auprès de médecins véreux qui remplissent des ordonnances. Se retrouvant à court d'argent, Lee commence à vendre de l'herbe avec Hernan – mais pas pour longtemps, en raison de sa répugnance à traiter avec les « tea-heads » (consommateurs de marijuana) eux-mêmes, qui sont trop sensibles. À ce stade, il a commencé à se shooter tous les jours, et sa tolérance croissante est devenue une véritable dépendance. Lee et Roy se retrouvent peu à peu à court de médecins sur lesquels ils peuvent compter pour obtenir des ordonnances. Hernan est alors arrêté, et Lee fait de même après avoir donné un faux nom sur une ordonnance. La caution est fixée à 1 000 dollars et, pendant son séjour en prison, il commence à souffrir des premiers symptômes de sevrage. À minuit, sa femme, qui n'avait pas été mentionnée avant ce moment du roman, vient payer sa caution et il se rétablit en dix jours.

Roy revient d'un séjour dans un centre de réhabilitation et présente à Lee un dealer de « Mexican H », ou héroïne. Il devient à nouveau accro, mais se retrouve rapidement à court d'argent. Il se lance dans le « lush-working » (vol à la tire auprès des ivrognes dans le métro) avec Roy. Bien que leur union ne soit pas tout à fait infructueuse, Lee est effrayé après avoir frôlé la police et décide de devenir un dealer à la place. Il fait affaire avec Bill Gains, un homme qui prend plaisir à rendre de jeunes garçons accros aux substances illégales qu'il vend. Ils ont du succès pendant un certain temps, jusqu'à ce que Lee se rende compte qu'il fait affaire avec des informateurs potentiels de la police. Bientôt, la police se rapproche et la situation devient de plus en plus sombre. Effrayé, Lee change de lieu et convient avec Bill qu'ils ne peuvent plus continuer à vendre à leur clientèle actuelle. Après leur dernier deal, ils partent tous les deux pour une réhabilitation financée par l'Etat, Bill à Lexington, Lee au Texas. Lee détaille ses expériences là-bas, des personnages hauts en couleur qu'il rencontre à son malaise et au processus de guérison lui-même. Peu après son dernier traitement, Lee part au Texas et reste clean pendant quatre mois avant de se rendre à la Nouvelle-Orléans. Là, il rencontre un person- nage nommé Pat qui, au moment où Lee le rencontre, est sur le point d'acheter de la drogue. Lee se joint à lui, et une semaine plus tard, il est à nouveau accro à l'héroïne.

A LA NOUVELLE-ORLÉANS

Un jour, Lee se rend chez Pat où il trouve deux personnes, un homme appelé Red McKinney – «un junkie ratatiné et infirme» (p. 66) – et un marin marchand nommé Cole, une tête à thé» (*ibid.*) Lee vend à Cole de la marijuana et ils partent tous ensemble dans la voiture de Lee à la recherche d'autres drogues. Pat attire l'attention d'un policier et éveille ses soupçons. Une poursuite en voiture s'ensuit et ils se retrouvent bientôt coincés sans pouvoir s'échapper. Lorsque la police découvre l'importante quantité de marijuana de Cole et l'arme illégale de Lee dans la voiture apparemment volée, ils sont tous emmenés au commissariat. Lee accepte de montrer à la police où se trouve le reste de la marijuana à condition que son cas soit traité par la cour fédérale et que sa femme ne soit pas harcelée. Pendant son séjour en prison, Lee est à nouveau en manque et devient de plus en plus malade. Sous la pression d'un agent fédéral des narcotiques nommé Morton, Lee accepte de faire une déclaration, prêt à n'admettre que sa propre culpabilité, et non celle de quiconque. Il est bientôt envoyé dans un sanatorium et sort lui-même de l'hôpital après dix jours, contre l'avis du médecin. Pour l'instant, il n'a aucune envie de retourner sur la «pacotille» et part dans la vallée du Rio Grande pour se lancer dans la culture du coton avec son ami Evan. Bien qu'il y mène une existence relativement paisible, il commence à avoir des difficultés financières et part au Mexique, où il décide de rester indéfiniment pour éviter son prochain procès.

VIVA MÉXICO

Dès son arrivée à Mexico, sa chasse à la «camelote» reprend. Alors qu'il se trouve dans le bureau de son avocat pour tenter de régler ses papiers de résidence, il rencontre Ike, un autre toxicomane qui lui fait découvrir le milieu de la drogue de la ville, dirigé par un seul et puissant dealer nommé Lupita. Agacé par le prix élevé des produits de Lupita, Lee tente d'obtenir sa dose par d'autres moyens et revient à la méthode éprouvée des médecins véreux et des fausses ordonnances. Ike et Lee s'associent pour payer un médecin cent pesos afin qu'il fasse une demande de permis de morphine auprès du gouvernement en leur nom. Ils obtiennent une certaine quantité de morphine chaque mois au prix de gros, ce qui assure à Lee un approvisionnement régulier.

Au cours de l'année, Lee tente à cinq reprises de se réhabiliter, chaque fois sans succès. Un jour cependant, ébranlé par l'apparence de son bras usé par la drogue, il décide d'arrêter pour de bon. Bien qu'il y parvienne à certains égards, cela provoque une grave dépendance à l'alcool. Il se ridiculise régulièrement sous l'emprise de l'alcool et, à une occasion, il se bat dans un bar où il braque un autre homme, puis un policier, avant d'être escorté dans la rue. Un jour, Lee remarque qu'une forte odeur d'urine émane de lui, ce qu'il reconnaît comme un symptôme d'urémie. Les médecins sont appelés et il est confirmé qu'un verre de plus l'aurait tué. À partir de ce moment, il ne boit plus qu'avec modération et réussit à tenir à distance son addiction à l'héroïne.

Lee décide finalement qu'il est temps de quitter le Mexique, car il se rend compte qu'il ne sera jamais complètement « propre » aux yeux de la loi en raison de ses fréquentations et des traces de drogue dans son appartement. Désormais séparé de sa femme, il décide de partir en Colombie à la recherche de yage (une drogue légèrement hallucinogène), intéressé par les affirmations sur ses qualités télépathiques.

ÉTUDE DE CARACTÈRE

LEE

Bien que *Junky* soit décrit comme semi-autobiographique, et qu'il soit effectivement tiré de la vie de l'auteur, le consensus critique est que le roman n'est pas destiné à être un compte rendu fidèle des propres expériences de Burroughs. Cela est peut-être démontré par l'utilisation du pseudonyme « William Lee », qui marque une séparation entre l'auteur et son personnage fictif. Lee en vient à être entièrement défini par son existence remplie de drogues, chaque action et chaque relation interpersonnelle importante ayant quelque chose à voir avec l'acquisition ou la vente de drogues. Le prologue du roman brosse cependant le portrait d'un homme qui n'est pas typiquement destiné à une vie du mauvais côté de la loi. Après une éducation privilégiée et une formation dans l'une des « trois grandes universités », il a voyagé en Europe, survivant grâce à son fonds d'affectation spéciale, avant de rentrer aux États-Unis. Ainsi, non seulement Lee possède l'éducation nécessaire pour échapper à la vie dans laquelle il tombe, mais il n'a pas non plus l'instabilité financière nécessaire pour justifier une activité criminelle. Il admet lui-même : « J'ai joué avec les limites du crime [...] Cela semblait une extravagance romantique de mettre en danger ma liberté par un acte crimènel symbolique » (p. xl). De cette façon, le lecteur est frappé par l'imprévisibilité de la dépendance alors qu'il se transforme rapidement en un véritable hors-la-loi.

De l'homosexualité à la drogue en passant par le crime, tous les aspects de ses expériences « underground » sont décrits avec force détails. Il assume également le rôle d'éducateur, prenant sur lui d'expliquer la situation actuelle aux États-Unis concernant les lois sur les drogues. Lee est donc un personnage efficace, permettant à Burroughs de s'adresser au lecteur avec un mélange engageant d'éloquence, d'honnêteté brutale et d'expérience de première main.

SA FEMME ET SES ENFANTS

La femme de Lee n'est mentionnée que relativement tard dans le roman et n'est jamais nommée, sa première introduction dans le récit étant : « À minuit cette nuit-là, ma vieille dame m'a tiré d'affaire » (p. 23) : « À minuit ce soir-là, ma vieille dame a payé ma caution » (p. 23), après l'un des premiers démêlés de Lee avec la police. Elle apparaît sporadiquement tout au long de l'œuvre, et le lecteur sera probablement surpris lorsque ses enfants seront mentionnés pour la première fois au milieu du roman. Étant donné le manque de visibilité de sa femme et de ses enfants dans le récit, il devient difficile de proposer une analyse sur les personnages eux-mêmes. Cependant, une analyse de leur manque de présence s'avère intéressante. Comme Oliver Harris le mentionne dans son introduction au roman, Burroughs a écrit à Ginsberg en 1952 : « Je n'ai pas abordé la vie domestique dans Junk parce qu'elle n'était, pour reprendre les mots de Sam Johnson, "rien à faire" » (p. 10). Le roman est en effet centré, comme l'affirme Harris, sur la toxicomanie, et les détails de sa vie familiale ont donc pu s'avérer superflus dans ce qui est par ailleurs un récit très clair et direct, qui va droit au but.

Il y a cependant un aspect stylistique à prendre en compte. La femme de Lee n'est pratiquement jamais mentionnée en relation avec son expérience de la drogue, généralement lorsqu'elle l'aide à se sortir d'une énième situation délicate. Cela souligne sans doute la vision étroite du toxicomane, sa concentration incurable sur une seule et unique chose : la camelote. Elle est présentée comme un personnage relativement passif, jusqu'à ce qu'elle finisse par se lasser de l'incapacité de Lee à lutter contre sa dépendance et qu'elle jette une cuillère remplie de drogue de la main de son mari dans un appel désespéré à le ramener vers elle. Il lui donne une gifle en guise de réponse et elle se jette sur le lit, découragée. C'est un moment bref, passé rapidement alors que Lee détaille la logistique financière de l'acquisition de drogues au Mexique. De cette façon, l'épisode sert à démontrer l'effet des actions de Lee sur sa famille, la brièveté de sa description suggérant son apparente indifférence à l'égard de la question, consumé par son existence de drogué.

BILL GAINS

Lee en vient à collaborer avec Gains pendant son séjour à New York lorsque, à court d'argent, il décide de commencer à « pousser », en utilisant les relations de son associé avec les grossistes. Gains est décrit comme venant d'une « bonne famille » (p. 34), et comme un homme avec un « sourire malicieux d'enfant qui formait un contraste choquant avec ses yeux qui étaient bleu pâle, sans vie et vieux » (*ibid.*). Il prend un plaisir pervers à encourager la toxicomanie chez les jeunes consommateurs de drogues et est décrit en termes vaguement répugnants, embrouillant ses interlocuteurs avec des détails excessifs sur ses selles. Gains est sans aucun doute la moitié dominante de leur partenariat, comme le montre son attitude parfois méprisante envers Lee et son expérience manifestement supérieure du jeu.

La réapparition surprise de Gains au Mexique vers la fin du roman permet de boucler la boucle, en coïncidant avec la résolution de Lee de se débarrasser de son héroïne et de partir pour la Colombie à la recherche d'une toute nouvelle euphorie. Cela permet sans doute de rappeler au lecteur les débuts de Lee, et le chemin que lui et le lecteur ont parcouru pour en arriver là. La confirmation par Gains que le nombre d'enfants toxicomanes à New York augmente effectivement ne correspond pas au souvenir que Lee a de la ville qu'il a connue. Le Mexique n'est plus le lieu pour lui, New York n'est plus le lieu pour lui – la seule issue est la sortie.

PAT

Le deuxième pousseur avec lequel Lee est amené à collaborer est Pat, à la Nouvelle-Orléans, qui l'initie au monde souterrain de la ville. Pat apparaît comme un personnage plutôt sensible, presque comique. Lorsqu'il décrit le problème délicat de Lee qui se procure occasionnellement sa « came » ailleurs, Lee nous dit : « Pat l'a toujours découvert d'une manière ou d'une autre : « Pat le découvrait toujours d'une manière ou d'une autre – il était intuitif comme une mère possessive – et il boudait alors pendant deux ou trois jours» (p. 65). Et lorsqu'un client, Lonny, tente d'acheter de la drogue à crédit, en promettant de payer le reste plus tard dans la journée, Lee écrit: «Pat a pris le dollar et l'a mis dans sa poche sans rien dire. Il pinça les lèvres en signe de désapprobation» (p. 64). Il «fronce à nouveau les lèvres en signe de désapprobation» (p. 86), lorsqu'il désapprouve une conversation graphique entre Lee et Dupré. L'effet de la caractérisation de Pat est humoristique, son image de mère jugeante semblant comiquement incongrue dans le cadre sombre et criminel.

IKE

Lorsque Lee arrive au Mexique, Ike, le «vieux junkie» (p. 97) qu'il rencontre dans le bureau de son avocat, devient son nouveau partenaire dans le crime. Ike le guide à travers le monde criminel de Mexico et ils en viennent à naviguer ensemble, collaborant pour obtenir les meilleures affaires sur leur «camelote». Il vend de faux accessoires en argent jusqu'à ce que Lee lui dise de trouver un moyen plus légitime de gagner de l'argent.

Alors que Pat se présente dès qu'il apprend que Lee est sorti de prison, Ike lui laisse de l'espace au cas où Lee tenterait de se désintoxiquer. Alors que de nombreuses relations de Lee dans le roman sont purement transactionnelles, nous avons le sentiment qu'une véritable amitié s'est formée entre lui et Ike. Par exemple, lorsque Lee tente de mettre fin à sa dépendance une fois pour toutes, Ike prépare à Lee la bonne solution pour l'aider à se sevrer, en marmonnant pour lui-même : « Un peu de cannelle au cas où il commencerait à vomir… un peu de sauge pour les chiottes… quelques clous de girofle pour nettoyer le sang… » (p. 106). De plus, lorsque Lee commence à souffrir d'alcoolisme, Ike vient une fois de plus à la rescousse, comme nous le raconte Lee : « Le vieil Ike me tenait debout alors que je vomissais quelques cuillerées de bile dans les toilettes. Il a mis un bras autour de mon épaule, m'a serré dans ses bras et m'a aidé à retourner au lit » (p. 114). Ces moments sont vraiment touchants, d'autant plus qu'une affection et une attention aussi authentiques sont rares dans le roman.

ANALYSE

LA BEAT GENERATION

De Bob Dylan aux Beatles, de nombreux artistes rendus iconiques par leur libéralisme et leur créativité révolutionnaire dans les années 1960 et 1970 ont reconnu l'influence de la Beat Generation. Certains des effets de la Beat Generation, tels que décrits par Ginsberg dans son ouvrage *The Best Minds of My Generation: A Literary History of the Beats* (2017), sont:

- Libération générale: libération sexuelle, libération des homosexuels, libération des Noirs, libération des femmes.
- La libération du monde de la censure
- Dépénalisation de la marijuana et d'autres drogues (dans une certaine mesure).

L'engagement de Burroughs envers ces thèmes peut être observé dans *Junky*:

- Lee écrit de manière indéfectible et nonchalante sur son apparente bisexualité, donnant des détails graphiques sur son intérêt et ses aventures avec des hommes tout au long du livre. Le désir qui mène à sa première rencontre avec Angelo, par exemple, est décrit comme suit: « la pierre lisse à travers mon pantalon, et la douleur dans mes reins comme un mal de dents quand la douleur est légère et différente de toute autre douleur

« (p. 95). Le détail de cette description, comparé à l'absence de description de sa femme, démontre un désir de se délecter du nouveau climat littéraire et politique – de dire tout ce qui, auparavant, ne devait pas être dit. Sa femme ne reçoit jamais de nom, et encore moins une description physique ; en revanche, Angelo est décrit intimement comme étant « oriental, d'apparence japonaise, à l'exception de sa peau cuivrée » (*ibid.*).

- La prose de Lee est truffée de blasphèmes et de descriptions graphiques de la consommation de drogues. À cette époque, l'obscénité aux États-Unis était définie par des normes beaucoup plus sévères que celles que nous connaissons aujourd'hui, et l'abandon d'une censure aussi rigide est souvent attribué à certaines œuvres de la Beat Generation, dont *Naked Lunch* de Burroughs. Les directives antérieures sur l'obscénité recommandaient une action en justice « si le matériel a une tendance substantielle à dépraver ou à corrompre ses lecteurs en incitant à des pensées lascives ou en suscitant des désirs lascifs » (Krason, 2009 : p. 420). L'utilisation insistante par Lee de descriptions graphiques et de blasphèmes, qui exposent le public à son mode de vie criminel, contrevient délibérément à ces directives. Cependant, il ne s'agit pas d'une tentative de « corrompre » le public ou de glorifier la voie qu'il a choisie. Son honnêteté frontale jette une lumière crue sur tous les aspects de la société américaine – des législateurs aux responsables de l'application des lois, des promoteurs de la drogue aux toxicomanes sans espoir. Le nouveau climat littéraire permet à Lee d'être d'une honnêteté percutante.

- Lee ridiculise constamment les lois contemporaines sur les drogues, soulignant ce qu'il considère comme leur injustice insensée. En critiquant les « autorités des narcotiques » (p. 15) qui prétendent que la marijuana est une drogue qui crée une dépendance, il affirme : « Voici les faits : L'herbe ne crée pas d'accoutumance [...] J'ai vu des têtes de thé en prison et aucun d'entre eux ne présentait de symptômes de sevrage. J'ai moi-même fumé de l'herbe de temps en temps pendant quinze ans, et je n'ai jamais manqué d'en avoir quand j'en ai manqué » (*ibid.*). Ici, Lee utilise sa position d'écrivain éloquent combinée à son expérience directe de la drogue pour rejeter efficacement l'apparente injustice entourant les lois contemporaines sur les drogues. En outre, lorsqu'il décrit sa décision de vivre en permanence hors des États-Unis, Lee écrit : « La Louisiane a adopté une loi faisant de la toxicomanie un crime. Comme aucun lieu ou moment n'est spécifié et que le terme "toxicomane" n'est pas clairement défini, aucune preuve n'est nécessaire ni même pertinente dans le cadre d'une loi ainsi formulée. Pas de preuve, et par conséquent, pas de procès. Il s'agit d'une législation d'état policier qui pénalise un état d'être » (p. 119). L'argument est efficace, il amène le lecteur à se ranger de son côté et à promouvoir l'éthique de la Beat Generation.

VISION TUNNEL

Tout au long du roman, le lecteur est frappé (mais peut-être pas surpris) par le fait que l'ouvrage se concentre sur les drogues de manière singulièrement étroite. D'une part, on a pu dire que cela était simplement dû au désir de l'auteur de traiter exclusivement du sujet en question, de s'en tenir au thème de la « camelote » et de la camelote uniquement. Mais on pourrait aussi affirmer qu'un désintérêt aussi extrême pour les sujets sans rapport avec la drogue et la dépendance reproduit la pensée unique d'un toxicomane, créant ainsi une expérience plus immersive pour le lecteur, nous enfermant presque dans la tête du narrateur.

Comme nous l'avons vu, le fait que le roman ne se concentre pas sur la vie domestique peut être considéré comme un choix stylistique à cet effet – la « camelote » *est la* vie domestique de Lee parce que, en tant que toxicomane, la « camelote » est tout ce qui compte pour lui. Comme Lee l'explique lui-même : « Lorsqu'une habitude s'installe, les autres intérêts perdent de leur importance pour l'utilisateur » (p. 19). Cela se reflète également dans l'utilisation de la description par Lee. Les passages les plus descriptifs du roman sont généralement réservés au détail des sensations liées à la prise de drogue ou au sevrage. Les sentiments qu'il décrit ne sont jamais qu'en relation avec les « hauts » et les « bas » induits par la drogue, et il ne fait aucune référence à la douleur ou à la détresse émotionnelle causée par les actions d'autres personnes – seule la drogue a ce pouvoir sur lui. Dans un de ces passages détaillés, Lee décrit l'agonie du sevrage vers le troisième jour : « J'ai senti une brûlure froide sur toute la surface de mon corps, comme si la peau était une ruche solide. On aurait dit que des fourmis rampaient sous la peau » (p. 80). Il poursuit en expliquant que : « Il est possible de se détacher de la plupart des douleurs [...]

de sorte que la douleur soit vécue comme une excitation neutre. De la maladie de pacotille, il ne semble pas y avoir d'échappatoire » (p. 81). Une telle intensité physique et émotionnelle n'apparaît tout au long du roman qu'à cause de la « junk » – et non à cause d'une autre réaction interpersonnelle, ce qui démontre le pouvoir de la drogue sur Lee.

Le concept de la mentalité de toxicomane qui se reflète dans le style d'écriture de l'auteur est également démontré dans la façon dont Lee dépeint le temps. Tout au long du roman, l'auteur évite de fournir des dates spécifiques ou des références au temps, formulant ainsi un univers littéraire étrangement intemporel dans lequel le lecteur n'a guère le sentiment du temps qui s'est écoulé entre un moment et le suivant. Lee lui-même explique : « Quand vous regardez en arrière sur une année de junk, cela semble ne pas avoir de temps du tout [...] En dehors de la junk elle-même, ce que vous vivez pendant une habitude est plat, presque bidimensionnel » (p. 102), et il semble-rait que cette sensation même soit reproduite dans la forme de sa prose, caractérisée par des pics d'activité et des descriptions détaillées au début d'une nouvelle « habitude », puis pendant le sevrage.

LE LANGAGE ET LA COMPLICITÉ DU LECTEUR

Dans le cadre de l'atmosphère presque claustrophobe du roman, qui piège le lecteur dans les profondeurs du monde criminel américain, Lee fait un usage efficace de la langue. Dès le début du roman, Lee truffe son écriture d'argot lié à la drogue, souvent sans explication explicite, laissant le lecteur deviner par lui-même la signification du nouveau mot en question : « pigeon », par exemple, au lieu d'informateur, et « chucks », décrit par Lee dans le glossaire comme : « faim excessive, souvent de sucreries. Cela arrive à un toxicomane lorsqu'il s'est débarrassé d'une habitude suffisamment loin pour qu'il commence à manger. » (p. 129). En utilisant ces mots avec autant de désinvolture, Lee parvient à atténuer l'aspect sensationnaliste du livre, formant une relation presque amicale entre le lecteur et l'écrivain, ce dernier supposant un certain degré de connaissance ou de savoir-faire de la part du lecteur, formant ainsi un degré de complicité qui lui est imposé.

Ce problème est aggravé par le fait que Lee utilise fréquemment la deuxième personne pour s'adresser directement au lecteur. En voici quelques exemples : « Vous devez avoir un bon contact avec les médecins ou vous n'arriverez à rien » (p. 18) ; « Cela vous soulève, un ascenseur mécanique qui commence à vous quitter dès que vous le sentez » (p. 103) ; « Les capsules H coûtent trois dollars chacune et vous en avez besoin d'au moins trois par jour pour vous en sortir » (p. 27) ; « Le peyotl est une nouvelle drogue dans l'État. Il n'est pas soumis au Harrison Act et on peut l'acheter par courrier à des marchands d'herbe » (p. 122). En effet, en choisissant de prendre et de lire un roman intitulé *Junky*, le lecteur doit admettre un certain degré de fascination morbide ou d'intérêt pour le monde de Lee. Lee ne permet pas au lecteur de feindre une distance par rapport au sujet traité dans le texte – comme nous l'avons vu avec le milieu étonnamment privilégié de Lee, personne n'est à l'abri de la dépendance, ce à quoi le lecteur est contraint de faire face tout au long du roman.

POURSUITE DE LA RÉFLEXION

QUELQUES QUESTIONS À MÉDITER...

- Pouvez-vous penser à des exemples d'humour ou de description comique dans le roman? Quel objectif servent-ils?
- Que pensez-vous du titre du roman et des implications potentielles qu'il recèle?
- Qui porte le poids de la critique de Lee, les législateurs ou ceux qui appliquent la loi? Pourquoi pensez-vous que c'est le cas?
- L'œuvre est généralement décrite comme « semi-auto-biographique ». Y a-t-il des moments dans le récit qui vous semblent exagérés ou fabriqués?
- Comment le roman se serait-il comporté dans le climat littéraire d'aujourd'hui? A-t-il conservé un certain effet de choc?
- Les questions soulevées par Burroughs concernant les lois sur les drogues sont-elles toujours d'actualité?
- La Beat Generation est célèbre pour son influence sur la musique des décennies suivantes, en particulier celle des années 1960 et 1970; vous vient-il à l'esprit une chanson des six dernières décennies qui incarne cette œuvre?

AUTRES LECTURES

ÉDITION DE RÉFÉRENCE

- Burroughs, W. S. (2012) *Junky: The Definitive Text of 'Junk'*. St Ives : Penguin Modern Classics.

ÉTUDES DE RÉFÉRENCE

- Ginsberg, A. (2018) *Les meilleurs esprits de ma génération : Une histoire littéraire des Beats*. St Ives : Penguin Modern Classics.
- Krason, S. M. (2009) *The Public Order and the Sacred Order : Contemporary Issues, Catholic Social Thought, and the Western and American Traditions*. Lanham : Scarecrow Press.
- (2018) William S. Burroughs. *Encyclopaedia Britannica*. [En ligne]. [Consulté le 10 octobre 2018]. Disponible à l'adresse suivante : < https://www.britannica.com/biography/William-S-Burroughs>

Votre avis nous intéresse !
Laissez un commentaire sur le site de votre librairie en ligne
et partagez vos coups de cœur sur les réseaux sociaux !

lePetitLittéraire.fr

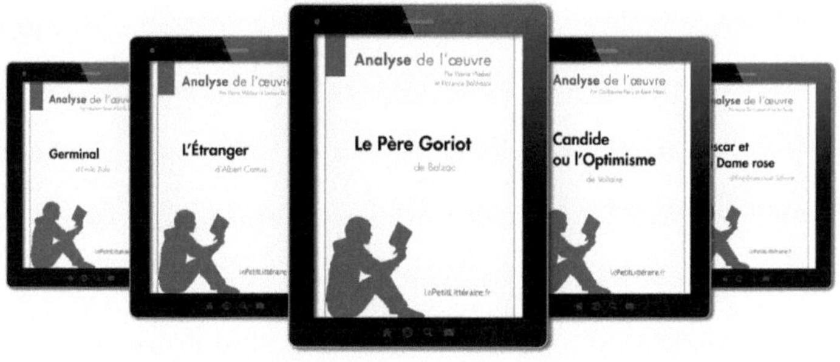

- des analyses de livres
- des fiches de lectures
- des commentaires littéraires
- des questionnaires de lecture
- des résumés

**Retrouvez
notre offre complète sur
lePetitLittéraire.fr**

www.lepetitlitteraire.fr

ISBN version numérique : 9782808684095
ISBN version papier : 9782808684897
Dépôt légal : D/2023/12603/989

Conception numérique : Primento,
le partenaire numérique des éditeurs.